poemas do tempo das pestes

gil sevalho

poemas do tempo das pestes

EDITORAS ASSOCIADAS

CONSELHO EDITORIAL: Alencar Perdigão e Cláudia Masini
EDITORA RESPONSÁVEL: Luciana Tanure
EDITOR: João Camilo de Oliveira Torres
GERENTE FINANCEIRO: Sofia Rossi
TECNOLOGIA DA INFORMAÇÃO: Alessandro Guerra
REVISÃO: Valter Braga
PROJETO GRÁFICO E DIAGRAMAÇÃO: Conrado Esteves
IMAGEM DE CAPA: desenho "O Emparedado", de Flávio Torres Duayer

Catalogação na publicação
Elaborada por Bibliotecária Janaina Ramos – CRB-8/9166

S497

Sevalho, Gil

Poemas do tempo das pestes / Gil Sevalho. – Belo Horizonte: Quixote+DO, 2022.

80 p.; 13,5 X 21 cm

ISBN 978-65-86942-72-9

1. Poesia. 2. Literatura brasileira. I. Sevalho, Gil. II. Título.

CDD 869.91

Índice para catálogo sistemático
I. Ficção : Literatura brasileira

QUIXOTE+DO EDITORAS ASSOCIADAS
WWW.QUIXOTE-DO.COM.BR
Rua Alagoas, 1.270 | sala 304 | Savassi
30.130-168 | Belo Horizonte | MG
(31) 3141-1256

Para Heliane Bahia.

"We made a promise we swore we'd always remember
No retreat no surrender."

BRUCE SPRINGSTEEN

O POETA NÃO É NENHUMA EXPRESSÃO
assim acima da média
não contribui nada para
o desenvolvimento industrial nem para os bancos
e com certeza é muito mal avaliado
pelo mercado financeiro
costuma comer ovos mexidos
e tapioca
no café da manhã

vá lá que acorde cedo todos os dias mas
seu índice de produtividade
nunca é lá essas coisas

de fato curte as manhãs observa
os pássaros e aprecia o movimento da luz
deslizando na paisagem
afagando as árvores
e fica a maior parte do tempo tentando
acertar o foco daquele grande binóculo que comprou na
casa de camping

me arrisco a dizer
mas o julgamento final não me compete
que tudo é muito próximo da inutilidade

essa besteira pretensiosa de que é um caçador
de pérolas explorando o mistério do mar
ou coisa que o valha

não tem nenhum sentido prático
no fundo o poeta está mais para um cara que
procura cumprir com responsabilidade
o quinhão que lhe cabe de humanidade e paixão
joga a tarrafa e
                    se der sorte mesmo de
                    na hora encontrar um cardume
                    passando de bobeira
pega uma ou outra metáfora boa

TODAS AS FOLHAS

do alto cedro caíram no solstício de inverno e
formaram um tapete macio sobre a terra e

virá nova folhagem vigorosa e tenra e algum
tipo de praga arranhou e acinzentou a

casca do limão galego e a polpa da fruta
abre-se toda manhã em amarelo vivo e

alegre à luz do sol que desenha matizes
azuladas e anima coreografias de

bonecos de sombra equilibrando-se na linha do horizonte
dançarinos no entardecer da introspectiva montanha lilás

um dia a cada dia
for ever and a day

TARDE ENSOLARADA PINGANDO LENTA A 37 GRAUS
verão pleno de presságios
a maré de mudo desespero fincava
unhas pontiagudas ao longo do perímetro
da praça da estação do metrô de botafogo
o mundo inteiro havia se empoleirado pesado
e agourento nos meus ombros quando
o pequeno vira-lata malhado surgiu do nada
e desde seu andar saltitante
postou-se diante do banco onde eu sentava avisando-me
com olhar de genuína simpatia e profunda compreensão
que eu não estava só
que podia incondicionalmente contar com ele

ATOBÁS SEGUEM EM FORMAÇÃO
para seus afazeres diários
duas fragatas circulam elegantes
entre escassas nuvens.

o silêncio dos barcos libertou
as tartarugas de seus esconderijos
nas águas profundas.

programação de hoje
do distanciamento social:
reler *o apanhador no campo de centeio*
e *seis contos da era do jazz*
descobrir onde andam os poemas do
douglas messerli aquele do cão
que uiva tentando beijar o céu.

o sábado derrama
years of solitude
o mulligan no sax e o piazzolla no bandoneón.

medidas não-farmacológicas de proteção.

NO CONVÉS DO NAVIO DE
cruzeiro fundeado na baía
ele disse que
tocava piano e
vinha d'além mar
eu o chamei de o pianista do mar
ele me encarou com generosidade
dedos longos
mãos entrelaçadas
cotovelos apoiados nos joelhos
lágrima azul-turquesa
no canto do olho emergindo da
tarde mergulhada na palidez do outono.

a luz do outono é assim
incide meio de lado
captura o dia e o carrega
para um tempo estranho e distante.

esse negócio de
para onde ir
que música tocar
que distância percorrer
é que nem o mistério da
migração nos pássaros
vai se inscrevendo na alma.

DEIXE DE LADO A RECONTAGEM
tanto faz se a entrega
vai atrasar

o sol nem levantou
na janela da casa amarela
no meio da ladeira
a cachorrinha de pelo arrepiado
carol como a carolina da janela do chico
os pequenos olhos interrogam a alma de quem passa

na esquina da rua o vendedor de livros usados
mascarado só metade do rosto visível ao lampião do poste
aceso na madrugada ainda escura
não procure desvendar o íntimo da pessoa
guardado sob a boina de couro surrada
mostre interesse pela tralha espalhada no chão
é momento de estender-lhe a mão
afinal ele sempre esteve ali
e nunca exigiu nada de você

olhe pela fresta entre as chapas de metal retorcidas
as ruínas do grande galpão
a caminho da praça paris
não conte a ninguém o que viu
do outro lado da cerca

há um cisne solto no gramado à beira do lago
ele tem uma penugem prateada em volta do bico
esse sim é um fato
diferente
siga os pulinhos de impulso da ave
um pé outro pé
apenas abra as asas e
junte-se ao voo

MOVIA-SE NA ARIDEZ SONOLENTA

– andarilho do vazio

o leve roçar
do tecido grosso do hábito
soando um marrom gasto
meio alaranjado

– ainda nem passou a aldeia largada às pressas

um pé de erva-rolante arrastou o destino
carregado pelo vento quente

– hóquei sobre patins
afinal conseguiu lembrar
mas nenhuma partida em andamento

nenhum resultado ainda e
uma subida e tanto
até o monastério
um calango esverdeado rumando
veloz sob o sol
vigiado por um atento falcão-peregrino
– esse bicho levaria só um ou dois minutos voando direto ao topo da montanha

aquele cacto crescendo no jarro
de barro de borda roída
foi sua única planta cultivada
em todos esses anos

– *envelhecemos*

era um cara de poucas palavras
ah isso era sim

– *todos pelejando* – murmurou sorrindo

tinir metálico do cálice litúrgico
zumbindo
longe uma prece

ALGUÉM QUE ACENA

na foto o último do canto esquerdo
de bigodinho clark gable
e cabelo empastado de brilhantina glostora
ao lado da moça com brinco de pérola

com a pandemia não deu mais notícia

elo de corrente preso a
uma âncora enferrujada
isqueiro zippo de pavio
com inscrição ilegível
na tampa dourada
pente fino de osso
camafeu de condessa de mentira
no fundo do mar

aro de bicicleta torto
esquecido no quintal
pedaço de marco de concreto
fincado na terra

(100 anos do nascimento de jack kerouac)

EU QUERIA TER ESCRITO O ROMANCE DE UMA GERAÇÃO
em uma bobina de telex

pegar as palavras enquanto estão soltas no ar
livres para viajar

eu queria ter me atado irremediavelmente
ao vento
cruzado montanhas pradarias

queria ter purificado meu corpo nas águas
tibetanas de um rio sagrado
queria ter alcançado a salvação da fé
para perdê-la depois em puro e autêntico desespero

como você
queria andar
                    andar
                              andar
vagabundo iluminado deitar sob o céu
e ficar ali parado a um passo da eternidade
a observar o pôr do sol dourado
e adormecer com as estrelas
para sempre em paz com o mundo até o dia seguinte

quero encontrar você
em algum bar em um vão abençoado de beira de estrada
ao mágico som de um blues dilacerante e comovente
no burburinho enfumaçado chamar seu nome
qualquer um deles
jean-louis ou duluoz ou ray ou sal ou jack

para a betty boop, o cão
(na casa de nova lima)

A CASA
tem uma alegre vira-lata
de grandes olhos de caramelo
que cultiva ervas medicinais
para a saúde da família

a casa
tem delicados brincos de coco polido
uma vasta cabeleira verde
um vigilante ouriço-cacheiro
para segurança pessoal

a casa
tem uma fonte de água doce
um esquilo que fala espanhol
um lagarto teiú que hiberna ouvindo blues
uma árvore que devora pipas amarelas

a casa
tem uma raposa-do-campo bailarina
e um coelho orelhudo que toca rabeca
a pata peluda marcando a toada
na varanda de maçaranduba

para o eduardo pessanha

Ô PIRILAMPO DESCALÇO
arreda do meu chapéu
que eu já tenho desgraça
cá na terra e mais no céu

não decidimos nascer
e ficamos sem saber
por que viver e morrer

eu sou assim a costura
dos passados que rodam
sem parar à minha volta

todo o começo de ano
fumo um charuto cubano
faço bordado novo no pano
da colcha de retalhos do futuro
logo de manhã – pra não deixar furo
: *"hasta la victoria siempre"*

para o george dos reis

NATAL É VEZ
de inventariar a falta
contar de quem não tem
conferir quem foi quem ficou

natal é arte
de arrastar a bengala do tempo

natal
é como ostra
fechado úmido mole
sal de mar sem resposta
gosto esquisito de
lágrima travada
coisa para comer com moderação

(ouvindo *the ghost of tom joad*, com o bruce springsteen)

DEIXE AS SEMENTES DE
gergelim e o farelo das
cascas de nozes e os caroços das
tâmaras rolando na
toalha branca e a caneca de vinho ainda
na metade e a banda do
pão ansiando a fatia do queijo

afinal é sua santa ceia

helicópteros da polícia sobrevoam
varrem com fachos de luz as palmeiras
a torre da igreja de nossa senhora da glória
as ruas desertas
os condenados da terra em fila aguardam
a sopa da caridade
aquecendo-se em volta de uma fogueira
no largo do russel eles não sabem
que procuram o espírito de paulo freire

TODO QUE VEM TORTO

alguém empina e empurra na porrada
até que nem dá para sentir direito na hora
a dor vem muito depois
quando a música acaba
o espírito santo foi uma pomba de madeira
pousada no rancor da parede da infância
una vez hubo un dia de lluvia y pura pasión
o som de *soul sacrifice* de carlos santana tomou-lhe
o corpo entorpecido rodeado de angeles y la virgen de guadalupe
a vida se deu como um mangá
começou do fim
como sua maneira de ser sempre
partiu dela todo adeus
persistente artesania de ser só
não restou testemunha
na morgue um lençol encardido
sin nombre sin recuerdo
foi sua roupa de ver deus
justo na pandemia

(lendo *crônicas de motel*, de sam shepard)

PAROU O CAMINHÃO NO RECUO
afastou-se da estrada e caminhou até o ponto mais alto
de onde distinguia na penumbra
as ranhuras levemente prateadas do maciço
lá embaixo a cidade com as ruas estreitas vazias
ladeadas pelas casas de tom claro arrumadas em fila
no anoitecer viu o traço luminoso dos faróis de
uma motocicleta contornando a praça
revelando o muro amarelo do grupo escolar
quando sentiu uma enorme mão invisível
penetrar seu peito com um aperto de
pura doçura que mais do que tudo o confortava
quando seu corpo tornou-se trilha de estrelas
e viajantes passados vieram percorrê-lo
vieram matar a sede nos seus olhos
escorreram por seus ombros
e todos comeram seu coração
mastigando suavemente os anos

PENSO NO AVÔ MATERNO/AÇOREANO MUITO JOVEM atravessou o atlântico portando somente o batistério/da igreja de nossa senhora da estrela/freguesia matriz/concelho de ribeira grande/ilha de são miguel/a avó morreu na gripe espanhola/o avô paterno é caboclo amazônico/ desde o amor de um soldado basco bolivariano e uma índia inca/cruzando rios e terras da latinoamérica/ longínquas notas sefarditas/tons ancestrais africanos/

caminho na floresta/
peregrino na savana/
navego no ventre da baleia
                que brinca
                        no litoral do arquipélago/

a mistura das línguas me dá sentido

VOCÊ VIU QUANDO A ENXURRADA DE PÁSSAROS
coloridos jorrou de dentro da mala de viagem
em revoada você deve ser fiel aos seus princípios
nesse tempo das pestes porque tem também
a política e essa é a pior delas depois
voaram de volta e se acomodaram
todos e a mala era pequena e nem
parecia caber o bando e
ficou o perfume intenso de
dama-da-noite no ar pois com
a força e a generosidade das ideias que voam-pássaros
coloridas é que se sonham
os rastros insurgentes do devir e
se enfrentam as pestes

SENTINELA POSTADA

no topo do álamo
a águia-careca escapou dos rastros
do inverno do norte
a terra abriu o livro estival
ruídos e vozes soltaram-se
da brochura
o trem abandonado
uiva na solidão
perdas contam-se aos montes
como o velho de chapéu d'uvas
o cinema da praça
amava truffaut e hitchcock no sábado
amava oscarito grande otelo eliana mazzaropi no domingo
de tarde e
gláuber de noite
não se sabe de d. olga carpideira
e de pedrão do holofote
e de esmeralda
e cada um dos gêmeos idênticos da rua da matriz partiu
na direção oposta
corações colaram
o rosto nas vidraças das casas

um que seja
que sobre para passar adiante

O MAÇARICO-SOLITÁRIO INVESTIGA
formas miúdas remexendo-se
na areia encharcada da margem aqui e ali uma surpresa lhe
vem ao bico a recompensa da constância da batalha
cada passo a promessa diária a sobrevivência
légua e meia além
o delta se percebe em muitos canais perfurando a
densidade escura da mata abrindo-se
à devastação incendiária do agronegócio
a vegetação esconde as ruínas da casa inacabada
quem
        terá talhado esta canoa do
último tronco majestoso de pracuuba cujos restos
se fundem ao destino
quem
        terá ocupado estas paragens
pensado a vida como parte
do calor da umidade da chuva incessante
cicatrizes de dias passados
em silenciosa admiração da aventura
restaram o rio e o incontornável desejo de ser
foi uma árdua jornada desde
o outono para o maçarico-solitário
os pássaros têm o hábito de reorquestrar o silêncio sem aviso

DO PEITO ESCAPA
ofegante
néctar de sonho
leve assombro de sensualidade
sede de náufrago
lua pela janela
um trêmulo azul soltou-se na noite
levando consigo a imagem de são jorge
de armadura montado no cavalo branco
matando o dragão
estampa colorida em papel acetinado
rasgada em dois pedaços
uma parte ficou viva
a outra desaparecida

UMA ÁGUA BARRENTA
havia descido a encosta
encharcado o gramado
e depois de muita chuva
surgia o vulto escuro
do morro do elefante
no fundo claro da noite
mas nada às vezes tem sentido
mesmo o nome não tem sentido
o par de botas sujas de barro
perto da porta da cozinha
as calças jeans desbotadas
no bolso da jaqueta o canivete suíço
dois cigarros amassados
tingidos de nicotina
a caixa de chicletes
a barra de chocolate pela metade
assim estavam as coisas
tal como foram deixadas
largadas no chão
apenas os sonhos
estes ela limpou com cuidado
e os arrumou enfileirados
na mesa de bambu
ao lado do bule de chá
na casa do luar de agosto

ELA DEIXOU
os sapatos
na entrada
bicos virados
pra rua
como reza
tradição oriental.
deixou
gato malhado
malandro chamado
walter benjamim.
deixou receita
segredo roubado
do restaurante mosteiro:
"mineiro com botas":
banana/bob dylan
queijo/zeca afonso
goiabada/chico buarque
canela em pó
de pirlimpimpim.
mágicos ingredientes.
partiu assim
nada dizendo
de mim
largou começo
sem fim
máscara pff2
no parapeito

ramo seco
de alecrim
pendurado no
arco da janela
purificando ar
traço de jasmim
quarto min-
noite-seda
de pequim
-guante lua
de cetim
lambendo triste
o jardim.

NUNCA QUERER SER DE OUTRO
seja lugar ou desejo
é como cabe ao ser de minas

da mãe zelou por dever
do pai cuidou por amor
aos outros homens serviu
tanto o destino quebrou-lhe a vértebra
que dói olhar a noite passar

sobre o sumiço da irmã mais nova
que sem mais largou o convento
não armou susto nem surpresa
escondeu o sorriso lá dentro
fingiu lágrima e tristeza

o que sabe de si ela guardou
em pergaminho enrolado
trancado a sete chaves
atrás do espelho

doceira de forno e fogão de lenha
a verdade que basta dar ciência
é migalha no avental
farelo de vontade
como cabe ao ser de minas
seja lugar ou desejo
íntimo seu que a parentada dê notícia
só mesmo o segredo do ponto da ambrosia

A VELHA REDE DE CABELO
pousada sobre o santuário
lar da sorrateira osga de translúcida palidez
resistente a mofo cupim mau-olhado
e inconfidência mineira
o móvel é peça de madeira de lei
espólio de igreja colonial
na estrada real surrupiada à luz de vela
por algum fiel necessitado
sob áureo silêncio de santos barrocos
a rede foi da avó
azeda puída severa
dura que nem
o marido avô andou na marinha mercante
aprendiz foi engolido por uma orca no mar do norte
alcançou a elevação espiritual e
foi cuspido de volta inteiro três meses depois
o casal veio fugido da guerra esperando
que aqui não houvesse outras em andamento
o frio da manhã é tanto que doem
os ossos até a medula
a névoa cerrada cobre o entorno da casa
nem o abacateiro a meio metro se vê
bafo branco em tudo
em tudo não há previsão de retorno
a uma hora destas nenhuma correção de rota
é mais possível
perderam-se todos
uns tantos de vez por todas
nalgum lugar nalgum pedaço da história
família é isso
coração ilhado
beco sem saída

ave ismael silva

BASTAM

um piano suave
um pandeiro em surdina
e uma pegada cool
:
oh antonico
vou lhe pedir um favor

no teclado da noite
no teclado da alma
de tão leve
quase murmúrio

o estojo do cd
a antologia do pessoa em papel-bíblia
o gato de porcelana branca e olhos de contas verdes
sobre a mesa
o pote de geleia de jabuticaba
da colheita de janeiro
do verão da lua azul

é necessário uma viração pro nestor
que está vivendo em grande dificuldade

toca cuíca toca surdo e tamborim
faça por ele como se fosse por mim

quase murmúrio
de tão leve
pura delicadeza
fina flor

NÃO É MESMO COMUM

é um vento de abas
curtas em rodopio
como aquele chapeuzinho
charmoso do nat king cole
e também é pianíssimo
entra dentro da gente
então volta depois e
vibra desde o centro
até as pontas dos dedos
com a força de um menino
de cabelos verdes
estranho e encantado
cheiro fresco de cipreste
sopro único
que se abre à vida

você sente?
esse canto de bem-te-vi que torna ao ninho
sem saber por que
a música insensata
que é de dentro e é de fora
e resiste
apesar de tudo

UM PICA-PAU-DE-BANDA-BRANCA
com a barriga listrada de branco e preto
e o vistoso penacho vermelho bem evidente
está às voltas com o tronco enrugado de uma dessas ár-
vores do cerrado

todos estamos às voltas com alguma coisa enrugada e
a atividade de apreciar a floração das orquídeas
está provisoriamente suspensa

mas isso não é motivo para desistir
a hora é de
    bicar e bicar e bicar a coisa enrugada
    com bastante força

GAIVOTA SUSPENSA

imóvel
no desejo da tarde

brisa gotejando no dorso dos
barcos pesqueiros emborcados
na areia da praia as cores desbotadas dos cascos
as proas erguendo-se para o céu

longe
nos recifes entre o mar e o azul
um polvo experto na arte da adivinhação
dos búzios
estuda a química do disfarce
o fluxo das correntes
a intenção das marés

62 - 63

HOUVE JACK LONDON

o sonho do alaska
o encantamento da terra do fogo
o insistente impulso da aventura

mas de tudo ele voltou

a vida
para o bem ou para o mal
sempre o assustou
e o empurrou para o refúgio

o abrigo da família do trabalho
apenas o limite dos riscos do cotidiano

na manhã
observa um grande navio seguir sonolento
                                        pálpebras pesadas
pouco abaixo da linha do horizonte
confundir-se com o vulto de uma ilha e
recompor lentamente a sombra do mar

segunda-feira de dezembro
quase virada do ano
o sol hesitante
6h14
ele finalmente se deixou levar

PORQUE TEM ESSA
conversa de que
os corpos devem ser
enterrados a sete palmos
fora do alcance da rapina
e a vala deve ser coberta com
cal virgem para afastar o mau cheiro
livrar de vez do contágio
cancelar e esquecer

mas a ordenação seguida
foi outra a de lembrar
de como as coisas poderiam ter sido
diferentes e sepultaram
todos bem à vista
do lado da capela
e todo mundo se cobriu daquele
manto de maria-sem-vergonha
de tudo que é cor
vermelha rosa branca

e olha que essa florzinha
é valente
cada qual com seu nome
sua história
todo mundo na luta

NÃO HÁ TEMPO QUE DURE
o tempo que deve durar

já é mais tarde do que você pensa

uma garotinha yanomami os cabelos lisos
doces olhos negros atentos a qualquer movimento

ao lado um elefante sentado quieto
parece não perceber o entorno

o jeito de um e de outro inspira
suspeita de que eles sonham

de que se erguerão de repente
e juntos realizarão a grande transformação

não só do mundo das crianças e dos elefantes

FAZ O QUE É SENSATO
realiza o que é útil não só
para ti mas para
a humanidade como fonte de razão e virtude
revira o corpo e anda de ponta-cabeça
coloca teu pé esquerdo acima da camada de nuvens e
ao máximo que possas explora
o céu com seus significados de dor e procura

não esperes ser
como o louva-a-deus
com seu perfil fino e senso de orientação especial
não pretendas a leveza do inseto afinal
nem tens a ciência da tradução do vento ou a
chave da revelação das línguas mortas

acima de tudo resiste
diante da porra da
estupidez da maldade da mentira fascista revira
o corpo e caminha de ponta-cabeça
coloca teu pé que seja um só
o esquerdo e explora
na tessitura complexa das nuvens cinzentas
a finalidade da posição do céu acima da terra

NÃO BASTA ACHAR QUE FEZ AS ESCOLHAS CERTAS
tampouco basta a convicção
o poema não é o chamar dos sinos para a missa
não é a arquitetura austera do campanário impondo temor
e expectativa
o poema deve olhar para as crianças que dormem sob as
marquises

nada redime
nem beatitude
ou que seja plenitude de entrega
ou rigoroso cumprimento de promessa

não basta pensar que não é da sua conta
que tudo vai bem do jeito que está
o poema não é para ficar guardado no embornal de intenções
não é desejo para ser emoldurado e esquecido na parede
seu íntimo é o resgate da sombra presa nos dentes do tempo
o poema deve ressuscitar os mortos em vida antes que a
violência os invisibilize

o poema deve contar o segredo
revelar o engenho da armadilha
levantar a tampa do alçapão onde ocultam a arma do crime

o poema não deve esperar recompensa pelo gesto
o poema não requer certificado de qualidade
é impuro
desqualificado
híbrido de vida e morte/corpo e alma/amor e desespero/

daí a dúvida de
ser poeta esse bastardo do silêncio

72 - 73

O CABOCLO AMAZONENSE UBIRAJARA
costumava dizer-se sorrindo:
e thiago
onde anda thiago de mello ...
sempre no mato.

nem todas as tardes foram verdes
nem todos os girassóis brotaram

a desilusão se transformou
em terno triunfo

o legado do poeta
é reinventar o tempo
dos restos diários da vida

o poeta brinca com os rinocerontes
conspira com as begônias
respira humanidade com os bichos e as árvores da floresta

o poeta ensina
que o verbo amar
se conjuga na primeira pessoa do plural

o poeta sabe
que é pelos que sofrem
que se luta

a canção da esperança incandesce no escuro

ilumina a curva do rio

o caminho tem asas

A SAÚVA.

a pétala.

o casal de saís
                    ela verde ele azul.

o verão
          agachado
          inquieto.

todos têm seus próprios interesses.

qualquer notícia sobre a minha morte será prematura.

O ANJO QUE EU ESPERAVA
fugiu de casa

o anjo que eu esperava
quebrou a asa

o anjo que eu esperava
desencantava
de tarde na marina da glória

o anjo que eu esperava
se chapava
todo santo dia no próximo bar

o anjo que eu esperava
não se conformava
em só fazer o bem

o anjo que eu esperava
se borrava
de medo da sorte

o anjo que eu esperava
não suportava
conviver com o mistério

o anjo que eu esperava
não acreditava
que dois e dois são cinco

o anjo que eu esperava
me ignorava

o anjo que eu esperava
não chegava

no final das contas
foi sempre a poesia quem
me salvava

#tudocomeçanalivraria
#quixote+do2022
#delivro

[1ª edição 2022]

Esta obra foi composta em Minion e impressa
em papel Pólen Bold 90g. na Artes Gráficas Formato
para a Do Editora.

FSC
www.fsc.org
MISTO
Papel | Apoiando
o manejo florestal
responsável
FSC® C092828

2021
CARBON NEUTRAL
SAVE cerrado